艋舺公園殺人事件

攝影／ 58kg

攝影／ 58kg

本劇獻給盜火劇團創團團長
謝東寧（1968-2019）

說起萬華分局曹志誠

那是所有警察的嚮往

為了天下蒼生、正道正義

為了成為「曹志誠」

趙子豪當初也是這樣想的

直到發生那起轟動整個分局的綁架案

目錄

序言

懸疑三部曲——重回我的夏日小屋

二〇〇八年，我寫下了人生中第一個舞台劇劇本。彼時的我從未想過，十年後的冬天，我的人生和創作會遇到巨大的瓶頸，也就是在同一時間，我突然迷上了史蒂芬・金（Stephen King）。那之後的好幾個月，我都無法從他的故事中脫身，現在想來，這大概是我人生中最幸運的一次的心血來潮。

史蒂芬・金是如此善於用故事操控人心，他筆下的場景都來自看似平凡無奇的日常生活，然而，從日常的縫隙裡忽然迸發出的未知的恐懼，會讓人瞬間墮入深淵，那是無法掌控自己的日常生活、自己所熟悉的事物的恐懼。

合上書的那個夜晚，我坐在書桌前，決定改變自己創作的習慣。從前的我總會先想「我要說什麼」，但那時的我，決定要先思考「我要怎麼說」。不知是不是受到史蒂芬・金小說筆下氛圍的影響，我在紙上寫下了「懸疑三部曲」這幾個字，這也就是一切的開始。

「懸疑」是某種說故事的類型，是觀眾所熟悉的主題，有其特有的敘事節奏，甚至是角色的樣貌。在書寫時，我希望在一開始就能和觀眾建立基本的溝通默契。不過即使如此，「懸疑三部曲」也仍舊各自風格迥異。首部曲《幽靈晚餐》用一場一景、回憶的錯置，來探討集體霸凌；二部曲《雪姬來的那一夜》用雙線結構，透過記者追訪一名神祕人的過程，探討媒體亂象和性別認同的歧視；終曲《艋舺公園殺人事件》，則是用多重線索和超現實的黑白電影氛圍，以及觀眾所熟悉的警匪緝兇橋段，探討社會驅逐的主題。

書寫「懸疑三部曲」的過程極富挑戰性，同時也極其令人興奮。我總是忍不住想像自己坐在切爾西餐廳中，和幽靈們度過不斷輪迴的一夜，想像自己和雪姬一同攀上雪之國的頂峰，俯視孤獨而寂寞的冰封之地，想像自己開著警車，在艋舺的大街小巷穿梭，迷失在黑暗的城市中。

在這四年的書寫之中，我找回了創作的喜悅和信心，同時，也讓我重新想到史蒂芬 ・ 金。在人生最糟糕的時候，他也不曾停止寫作，雖然有的時候，寫出來的東西十分平淡，但他沒有停止。他花了很多時間，終於成功重新啟動自己，他把這個過程形容為：

「就像在長長的冬天之後，回到夏日小屋一般地回來了……東西都還在，一切完好，等到管線都解凍了，電力也重新開啟後，一切就運作正常了。」

這是我讀過最精確、最充滿信心、最有希望的譬喻。

我想對那些永遠相信我、並且在寒冬仍舊堅守著我的夏日小屋的人們深深致謝。謝謝我的爸爸媽媽、永遠在天上看顧我的大東，謝謝盜火大家庭的家人們，以及「懸疑三部曲」所有的劇組夥伴。在你們的陪伴下，我終於重回了自己的夏日小屋，即使它已經被名為自我懷疑、創作焦慮、不安於現狀的雜草佈滿，但我選擇躺在它們中間，和它們共處一室，因為我相信其中一株一定會開花。因為我和你們一樣相信，我的夏日小屋永遠都在，它不會消失，不會破損，因為沒有任何人可以偷走其中的任何東西。

—— 劉天涯

推薦序

自成一個精彩循環

同樣作為一名劇作家，閱讀天涯的劇本總讓人自嘆不如，她的劇本結構扎實、產量豐富，卻又部部精采，對於人性最執拗、偏激的一面更是有著獨到而且銳利的見解，一旦認識天涯本人，便很難不被她那充斥奇思妙想卻又嚴謹自律的寫作態度給折服。

「懸疑三部曲」是個精彩的嘗試，從日系經典推理的《幽靈晚餐》開始；走向漂亮結合社會寫實與動漫文化《雪姬來的那一夜》；最終來到冷硬派類型（hardboiled）《艋舺公園殺人事件》作結，一系列看下來，就彷彿經歷了一趟精彩懸疑類型之旅，三部作品縱然都以「懸疑」二字作為明確框架，題材與形式的跨度之大，執行上絕非易事，足見作者的宏大的創作野心與企圖。

就內容主題上來說，《幽靈晚餐》探討的是極小群體當中，人與人彼此之間幽微的心理較勁，忌妒、悔恨，那些僅屬於「個人」的黯淡情緒；《雪姬來的那一夜》則是將目光往外轉向社會事件，透過創作對那些有著強烈社會不適應的人們給予溫暖的擁抱；到了《艋舺公園殺人事件》，筆鋒再次一轉，逼迫個人將其光輝理想與陰暗社會現實置於天平之上，劇中角色在實踐理想的同時，也紛紛被迫面對不堪真相，作出沒有贏家的苦澀抉擇。

隨著創作推移，作品關切主題也從「個人」走向更為宏觀的「群體」：人心的紛亂造就了痛苦的環境（介於中陰的鬼魅餐廳、極度避世的動漫世界），複雜的現實世界（選舉期間的台北萬華）影響了人性的墮落，環環相扣，懸疑三部曲自成一個精采循環。作品內容時而極度溫柔、時而堅毅冷酷，三部皆然，這似乎便足以窺見劇作家劉天涯對於這殘酷無情的現實世界，心中所懷抱著的強烈愛與熱情，所謂人性，無論好壞與否，概括接受。

舞台劇本對於台灣的讀者來說是相當不易閱讀的文類，僅有對白，缺乏環境細節、心理描述的文字總讓缺乏劇本閱讀經驗的人難以親近，台灣的出版業者往往也都直言不諱地說，舞台劇本，就是難賣。然而，天涯的劇本僅僅只是透過閱讀，便能獲得全然不遜於小說的豐富感受，與實際觀賞戲劇更有著截然不同的樂趣跟體驗，這完全得歸功於作者嫻熟的語言掌握與情節鋪排，即便是閱讀劇本的新手也絲毫不用擔心，不如就即刻往下翻閱，全心地投入在迷人的懸疑故事之中吧！

── 王健任

（劇作家、《艋舺公園殺人事件》編劇顧問）

艋舺公園殺人事件

劇中人物

曹志誠，48 歲，中正萬華區立委候選人

鄭文雄，37 歲，台北市政府警察局萬華分局第三偵查隊隊長

趙子豪，28 歲，台北市政府警察局萬華分局第三偵查隊隊員

曹婉瑩，22 歲，曹志誠之女，現就讀理德大學四年級，曾就讀萬華區睿德高中

趙千伶，15 歲，五年前被謀殺的少女，萬華區睿德高中一年級

記者

曹志誠幕僚

街友李榮立

趙千伶之父

街友薛國志

監獄官

偵查隊隊員 A

偵查隊隊員 B

第一場
問心劍

（微弱的燈光下，趙子豪獨自一人在場上。）

趙子豪：現在已經過了午夜十二點，今天，是我來萬華分局滿五年的日子。

從警專畢業之後，我被分發到景山分局。不到一年，就被調職到萬華，入編第三偵查隊，調職的公文上沒有說明任何原因。隊員無預警被調職，不是犯了錯，就是績效差，但我兩個都不是，我只是做了我認為對的事情。最起碼，那時候的我是這麼相信的。

剛進萬華分局的時候，每天我起床，睜開眼睛，到樓下的永和豆漿吃早餐，騎車來簽到。常常是剛坐到辦公桌前，報案電話就開始響個不停，接著，就是一整天的出勤、跑地檢署、慰問、建檔、做筆錄、打公文、下班，回家。

（鄭文雄上。）

趙子豪：直到現在，還是常常有人問我：「你為什麼想當警察？」

為什麼想當警察……？

這個問題，真的很像武俠小說裡的獨門絕招「問心劍」，一旦出招，就直指本心。每當有人問我的時候，我都會想到自己第一次來分局報到的那天。

（燈光轉換，五年前，萬華分局，趙子豪走向鄭文雄。）

趙子豪：隊長好！

鄭文雄：新來的？

趙子豪：是，我是第三偵查隊新進隊員，趙子豪。

鄭文雄：欸，趙子豪，我跟你說，不要叫我隊長，叫我雄哥就好。

你，景山分局來的？

趙子豪：是……隊長好。

鄭文雄：哈，原來就是你啊。年紀輕輕，倒是惹了不少麻煩事。

（鄭文雄拿出一瓶酒喝了一口，趙子豪有點訝異地看著他。）

鄭文雄：要不要來一點？

趙子豪：……不用了，謝謝隊長。

鄭文雄：幹嘛罰站？坐吧。

（趙子豪坐下。）

鄭文雄：子豪啊，你為什麼想當警察？

趙子豪：……

鄭文雄：怎麼了，聽不懂國語嗎？

趙子豪：因為我想要服務。

鄭文雄：服務誰？

趙子豪：我想服務社會大眾。

鄭文雄：想服務，當初為什麼不直接去派出所，幹嘛考偵查隊？派出所抓抓闖紅燈，要不然在 T 字路口開單，一個小時抓五件，就可以休息了。

趙子豪：我覺得那不是服務。

鄭文雄：抓闖紅燈，怎麼不是服務？

趙子豪：報告隊長，我不想做那樣的工作。

鄭文雄：是嗎？那你在景山分局都做了什麼工作？（**看記錄**）三個月前因為不服從指揮，被記一支警告？

趙子豪：我只是正常執行勤務。

鄭文雄：跟我說說怎麼回事？

趙子豪：那天晚上，學長帶隊臨檢，發現了一台可疑車輛，我懷疑駕駛有帶槍。

鄭文雄：然後呢？

趙子豪：我讓對方下車接受檢查，但學長堅持要放這輛車走。

（鄭文雄笑了笑。）

鄭文雄：疑似有帶槍，你還讓對方下車？你不要命，其他人還要命呢。又不是你帶隊，堅持什麼。

趙子豪：……

鄭文雄：上個月十七號晚上，你是不是在松江街抓了一個人？

趙子豪：是，因為我在嫌犯車裡查到毒品。

鄭文雄：你抓他的時候，他什麼都沒說？

趙子豪：……他說他認識景山區的立委。

鄭文雄：他都這麼說了，你還抓他幹嘛？你知道嗎，你前腳把他送進去，後腳就有人把他保釋出來了。

趙子豪：……

鄭文雄：以後遇到這種事，還是要給立委一點面子，學乖一點。不然以你的考績，怎麼會被調來我們分局？

趙子豪：……

鄭文雄：既然來了，就好好做吧，我們分局什麼都缺，缺資源，缺人手，缺效率。但這裡是艋舺，最不缺的就是三流，流氓、流鶯、流浪漢。接下來的七天裡，你就當你的頭七啦，光是民眾陳情電話就接不完了。這裡的工作沒有那麼美好，不要一來就想著破案抓毒販。少講話，多做事，懂了嗎？

趙子豪：明白。

鄭文雄：明白就好。

（**鄭文雄欲走，趙子豪追上。**）

趙子豪：隊長——

鄭文雄：還有什麼問題嗎？

趙子豪：我想先了解一下分局的狀況。

鄭文雄：時間久了，自然就了解了。

趙子豪：我只是不想有太長的適應期。

鄭文雄：在我們這裡，你不會有什麼適應期，到下午你就知道了。

這裡跟景山分局不一樣，你要做好心理準備。

趙子豪：是。

鄭文雄：工作是假的，能平安上下班才是真的，別太鑽牛角尖，別太堅持。慢慢你就懂了。

真的不來一點？

趙子豪：……

（鄭文雄下場，燈光轉換。）

趙子豪：那天，是我第一次見到鄭文雄。

鄭文雄，雄哥，萬華分局第三偵查隊隊長，工作是假的，打混、摸魚才是真的。看到他的第一眼，我就在想，怎麼連這種人也能當警察？

不過，記得剛來萬華分局的時候，我是真的很高興。

聽學長說，很多新進的隊員不到一年就想申請調職，但我不一樣，我曾經以為，萬華分局才是我應該待的地方。

早在警專的時候，我就聽說過萬華分局局長曹志誠。一開始，他跟我一樣，只是一個小小的偵查佐，再到分隊長、除暴組長，一路做到局長，圍捕槍擊要犯，偵破毒案，破獲暴力犯罪案。他說過，他最大的心願，就是讓所有的萬華人都能睡一個安穩的好覺。

那個時候的我，想留在萬華分局，就是因為曹志誠。想到他也曾經待過這間小小的辦公室，想到他也曾經開著警車，跟我駛過那些同樣的街道，我就覺得，我好像離他更近了。

「為什麼想當警察？」

為了天下蒼生，正道正義，為了感受一下把罪犯壓在地上給他上銬的滋味，為了成為一個跟曹志誠一樣的人。

在發生那件驚動整個萬華分局的綁案之前，我一直是這樣相信的。

△警車的車燈，行駛在黑暗的城市裡。

△遠遠地，開始逐漸傳來警笛聲、車聲、嘈雜的人聲。

△零碎的畫面或是片段場景，證物的照片、封鎖線、報章雜誌報導萬華區暴力犯罪率高、遊民鬥毆、罪犯被上手銬、警車的車燈、艋舺街頭的遊民等。

△如同陳舊的 DV 檔案、或如同夢境一樣的畫面。封鎖線內，頭髮凌亂、臉上有血和泥土的趙千伶躺在地上，雙眼緊閉。

△曹婉瑩被綁架後求救的片段影像。

△凌亂交錯的行車紀錄畫面。

△城市中不同監視器的畫面。

△萬華街景，影像逐漸消失在黑暗的舞台上。

（燈光轉換。）

第二場
艋舺傳奇

（黑暗中，遠遠地傳來嘈雜的人聲、車聲、喇叭聲、拜票的歌聲。）

（記者實況報導。）

記　者：今年八月，在地呼聲最高的前萬華區警察局局長曹志誠，終於鬆口對媒體宣佈，確認將接受徵召，正式參選中正萬華區立委。曹志誠現年四十八歲，畢業於高等司法警官學校，被在地居民譽為是「萬華國的護國神山」、甚至是「艋舺傳奇」。

日前，距離投票只剩下不到兩個禮拜的時間，立委選戰已經接近倒數，參選人們紛紛把握週末衝刺選情。記者現在所在地是萬華區的龍山市場，目前接近下班時間，人潮洶湧，立委候選人曹志誠此時現身在龍山市場拜票，吸引許多民眾搖下車窗為他加油⋯⋯

民　眾：曹局長加油！曹局長加油！

曹志誠凍蒜！曹志誠凍蒜！

記　者：好的好的，民眾可以說是相當的熱情。

（人聲愈發嘈雜了，曹志誠上場，記者立刻上前。）

記　者：曹局長，請問您對這次的選舉有信心嗎？

曹志誠：我為萬華服務了超過二十年，沒有人比我更了解萬華人需要什麼，我相信萬華區的選民們，一定會投下最公正的一票。

記　者：曹局長，您認為萬華最需要的是什麼？

曹志誠：我一直在強調，萬華區的害蟲實在太多，為了民生，必須要做除蟲的工作。

記　者：曹局長，您所指的害蟲是什麼人呢？

（曹志誠笑而不答。）

記　者：曹局長，曹局長……

民　眾：曹局長加油！曹局長加油！

曹志誠凍蒜！曹志誠凍蒜！

（曹志誠走上舞台，向台下的觀眾們揮手。現場出現一陣歡呼聲。）

曹志誠：謝謝，謝謝各位萬華的鄉親們，感謝你們的支持，我是曹志誠。

我十九歲就進了警校，畢業之後，我第一個工作的地方，就是萬華分局。一直以來，志誠都是以警察、一個人民公僕的身分在為大家服務。雖然我今年已經四十八歲了，但我的參政團隊，都是二三十歲的年輕人。他們都是一群非常厲害的菁英。

在我的身後，是大家拜拜時都很喜歡去的龍山寺。我的幕僚跟我說，發展萬華，就要先發展龍山寺。跟這群有活力的年輕人聊下去，我才知道，不能一味幻想怎麼吸引觀光客來到這裡，而是要想完整的配套計畫。遊覽車停哪裡？停幾部？

剝皮寮要有專案，觀光景點要清出來，龍山市場的夜市要重新規劃。但最重要的是，各位鄉親們，請你們抬頭看一看，龍山寺的前面就是艋舺公園，裡面站著的、坐著的、躺著的，都是誰呢？一群無家可歸的遊民。

相信大家都知道，一個美好城市的成長，不是憑空而來，靠的是一塊良好的土壤。土壤裡的害蟲一天不除，再好的農作物也會被吃光。以我為地方服務的經驗來看，萬華區居高不下的暴力犯罪，大部分都是跟遊民有關係。飲酒醉、打架鬥毆、偷竊，數不勝數。

遊民問題，一直以來都是困擾在地最大的問題。我當選之後，一定會在任期內讓不能自食其力的遊民離開艋舺，就算要留下，也要讓他們乾乾淨淨地留在這裡，讓他們成為一個人，而不是一隻害蟲。

我保證，如果我當選，一定在任期內提升萬華治安，重現萬華風貌，讓艋舺公園成為第二個大安森林公園。這是我曹志誠，對萬華人民肯定的承諾。請大家一定要記住，2 號曹志誠！請投下你神聖的一票，讓我們共同為艋舺的明天努力！

（現場的歡呼聲更大了。）

曹志誠：2 號！曹志誠！
民　眾：2 號！曹志誠！
曹志誠：曹志誠凍蒜！
民　眾：曹志誠凍蒜！
曹志誠：謝謝，謝謝大家！

（幕僚匆匆上。）

幕　僚：誠哥，出事了。
曹志誠：怎麼了？

（幕僚附身耳語，曹志誠臉色驟變。）

曹志誠：你有聯絡婉瑩嗎？

幕　僚：有，她的手機打不通。

曹志誠：有媒體知道這件事嗎？

幕　僚：對方是直接聯絡競選辦公室的，目前還沒有看到任何報導。

曹志誠：現在就走。

幕　僚：去哪，誠哥？

曹志誠：萬華分局。

（二人匆匆下場，燈暗。）

第三場
丐幫幫主

（一片黑暗中，只聽得到電話錄音聲。）

曹助理：喂，你那邊信號有點不清楚，可以再說一次嗎？

匿名者：告訴曹志誠，他女兒在我手上。

曹助理：……你那邊是哪裡？

匿名者：不准報警，不要試圖知道我是誰，也不要試圖找到我在哪。

曹助理：等一下——喂？喂？

匿名者：……

（電話掛斷聲。）

（燈亮，萬華分局內，曹志誠和鄭文雄對坐。）

曹志誠：事情是今天晚上發生的，是我的助理接的電話。

鄭文雄：我已經聯絡派出所，請他們加強臨檢了。

曹志誠：這時候才臨檢，晚了，監視器畫面有了嗎？

鄭文雄：已經去調資料了。

曹志誠：這是婉瑩的照片。

鄭文雄：是。

誠哥，有沒有可能是惡作劇，或是詐騙電話？

曹志誠：不排除這個可能。

鄭文雄：現在還是聯絡不到婉瑩嗎？

曹志誠：事情發生之後，她的手機一直都是關機。

鄭文雄：之前有沒有出現過類似這樣突然聯絡不到的狀況？

曹志誠：沒有，最近我行程很忙，沒有常常跟她聯絡，但她的手機從來不關機的。

（曹志誠拿出手機，重聽電話錄音。）

匿名者：告訴曹志誠，他女兒在我手上。

曹助理：⋯⋯你那邊是哪裡？

匿名者：不准報警，不要試圖知道我是誰，也不要試圖找到我在哪。

曹志誠：阿雄，你不覺得這通電話有點奇怪嗎？

鄭文雄：什麼意思？

曹志誠：媽的——早不發生，晚不發生，偏偏在選舉的時候。

鄭文雄：……

曹志誠：如果婉瑩真的是被綁架的，對方恐怕不是為了錢。

趙子豪：報告——

（趙子豪上。）

鄭文雄：資料拿到了嗎？

趙子豪：是，這是跟資訊科緊急調閱的監視器畫面，從今天凌晨到晚上九點整，新生南路、羅斯福路，以及廣州街、西園路，從艋舺公園擴大到龍山寺一帶，一共九十七支影片。

鄭文雄：好。

（三人互看一眼，短暫的沉默。）

鄭文雄：這邊交給我吧。

曹志誠：（**起身**）好，先回辦公室，隨時聯絡。

鄭文雄：誠哥慢走。

（曹志誠下。）

趙子豪：隊長，剛剛那是曹局長嗎？

鄭文雄：對。

趙子豪：他最近不是在選立委嗎？怎麼會突然到我們分局來？

鄭文雄：嗯。怎麼了嗎？

趙子豪：隊長，我剛剛聽到你叫他誠哥，你們兩個之前就很熟嗎？

鄭文雄：之前我是在他手下做事的。

兩點多了，該交班了，你早點回去休息吧。

趙子豪：這些影片是曹局長要的嗎——

鄭文雄：不管你聽到什麼，這些都跟你無關，懂嗎？

（趙子豪沒有離開。）

鄭文雄：還有什麼問題嗎？

趙子豪：隊長，曹局長家裡是不是出事了？

鄭文雄：你怎麼回事？我剛剛說的話你聽不懂嗎？

你想幹什麼？

趙子豪：我想協助辦案。

鄭文雄：這個案子不是你想的那麼簡單。

趙子豪：所以才更需要人手吧？

鄭文雄：……

趙子豪：隊長，我知道我剛來分局沒多久，但是監視系統、申請搜索票、做筆錄、跟監，我都很熟悉。

鄭文雄：這跟你的能力沒有關係——

趙子豪：現在就是有這麼多監視器畫面要看，多一個人就多一雙眼睛，不是嗎？

鄭文雄：你講不聽欸！

趙子豪：隊長，你會成立專案小組吧？拜託你給我一次機會，我想加入。

鄭文雄：麻煩就麻煩在這裡，這個案子不能立案。

趙子豪：為什麼？

鄭文雄：這個案子要悄悄的辦，絕對不能透露給任何人知道，尤其是媒體，不能送檢方，也不能留下紀錄。

趙子豪：為什麼？

鄭文雄：你知道現在是什麼情況嗎？還有兩個禮拜就要投票了，現在連鼻屎大的小事都可以拿來做文章，剛好在選情最緊張的時候，出了這種事情。如果一個不小心出了差錯，就不是調職那麼簡單了，懂嗎？

趙子豪：隊長，這個案子你想要怎麼辦都可以，我不會添麻煩的。

鄭文雄：⋯⋯

趙子豪：我覺得，曹局長之前辦過很多刑案，一定得罪過很多人，
現在出這種事情，一定是有人藉機尋仇。
我只是想幫他一個忙。

（沉默片刻，鄭文雄離開座位，抽了幾口菸。）

鄭文雄：辦這個案子，不能妨礙你的日常勤務，不會記你的超勤時數，
更重要的，不能不聽調遣、任意行動，能保證嗎？

趙子豪：我保證。

鄭文雄：坐吧。

趙子豪：謝謝雄哥。

鄭文雄：幹，這個時候就雄哥囉？

（趙子豪坐下。）

鄭文雄：今天晚上七點二十分，曹局長競選辦公室接到一通電話，對方說自己綁架了曹志誠的女兒曹婉瑩。

趙子豪：隊長，哪個婉，哪個瑩？

鄭文雄：我手機給你看。

事情發生之後，曹局長就立刻打電話聯絡婉瑩，但她的手機到剛剛都是關機的狀態。

趙子豪：明白，隊長，現在我們要往什麼方向辦？

鄭文雄：案情還不明朗，先往失蹤人口的方向辦吧。

趙子豪：收到。

鄭文雄：我已經跟曹婉瑩的老師聯絡過了，今天下午她確實有去上課，你就從理德大學附近的畫面開始看吧，目前首要的就是鎖定曹婉瑩的行蹤。

趙子豪：是。

（趙子豪打開筆電，幾秒種後，鄭文雄的手機響起。）

鄭文雄：**（接起手機）**喂，誠哥，有聯絡到婉瑩了嗎？

什麼？……好，好。現在傳給我。

（鄭文雄掛上電話。）

趙子豪：怎麼了嗎？

鄭文雄：競選辦公室收到了一則影片，是綁匪傳來的。

趙子豪：……

鄭文雄：看來，我們的辦案方向要改變了。

△影像，一片雜訊後，被蒙住眼睛的曹婉瑩在鏡頭前哭泣。

曹婉瑩：求求你，放我回家——爸爸，救我，救我——

△曹婉瑩被綁在一張椅子上恐懼地抽泣，畫面外傳來經過變聲的聲音。

匿名者：中正萬華區 2 號立委候選人曹志誠，我是丐幫幫主。這是

你的女兒，理德大學大四生曹婉瑩。從現在開始，仔細聽

清楚我的要求，並且確切按照我的指示行動。不准報警，不要試圖找到我在哪，如果被我發現你在耍花招，交易立即取消。

曹志誠，我要求你在 72 小時內立刻宣佈退選，否則妳的女兒就會性命不保。72 小時，倒數計時，現在開始。

△ *72 小時倒數計時的時鐘開始跳動。*

（燈暗。）

第四場
消失的曹婉瑩

（燈亮，鄭文雄在萬華分局內拜關公，趙子豪邊講電話邊上場。）

趙子豪：好，學長，謝謝，我再請你吃飯。

（趙子豪掛電話。）

趙子豪：雄哥，影片沒有任何合成的痕跡，目前可以確定婉瑩是真的在他手上。影片的主機位置是荷蘭，對方應該是用 VPN 規避。

鄭文雄：還有嗎？

趙子豪：現在正在做聲音辨識，但可能還需要一點時間。

鄭文雄：靠北，鑑識科什麼時候能給一點有用的資訊啊？

趙子豪：⋯⋯

鄭文雄：監視器畫面有結果了嗎？

趙子豪：是，隊長，目前已經鎖定曹婉瑩的行蹤了。

（趙子豪展示監視器畫面給鄭文雄看。）

趙子豪：這是曹婉瑩，對吧？

鄭文雄：嗯，是她沒錯。

△紛雜的監視器畫面影像。

趙子豪：今天下午四點半，曹婉瑩從理德大學離開，騎機車回到租屋處。五點十分離開，前往便利商店，接著就搭乘捷運，到龍山寺站下車，沿著中華路步行三個路口之後，到了艋舺公園附近。

那之後，監視器畫面就沒有再看到她。

鄭文雄：靠腰，又是艋舺公園？

趙子豪：啊？

（頓。）

鄭文雄：她是什麼時間不見的？

趙子豪：最後出現是晚上六點四十二分。

鄭文雄：她最後出現的地方是哪裡？

趙子豪：三民大街。

鄭文雄：那邊通往什麼方向？

趙子豪：龍山市場，西園路，青山宮，都有可能。

鄭文雄：馬上調監視器。

趙子豪：已經調了，都沒有看到。

鄭文雄：你每一台都看了嗎？看仔細了嗎？

趙子豪：能調的我都看過了，確定沒有。

鄭文雄：一個人怎麼可能憑空消失？

趙子豪：我會再看看周遭會不會有可疑的人車，不過可能還需要一點時間。

鄭文雄：我們只有七十二小時。

趙子豪：……

（鄭文雄坐下，盯著監視器畫面。）

趙子豪：隊長，你不覺得綁匪的要求很奇怪嗎？

鄭文雄：什麼意思？

趙子豪：綁匪不要贖金，只要曹局長宣佈退選⋯⋯

曹局長退選，他有什麼好處？

鄭文雄：還有一件事更奇怪。

趙子豪：什麼？

鄭文雄：曹婉瑩為什麼會在艋舺公園那邊消失了？

趙子豪：什麼意思？

鄭文雄：附近明明就有那麼多監視器，為什麼那麼剛好沒拍到？

趙子豪：⋯⋯

鄭文雄：有沒有可能對方根本就知道監視器在哪裡？

⋯⋯丐幫幫主。

趙子豪：丐幫幫主？

鄭文雄：驅逐遊民，是曹局長的競選理念。但如果他退選，這群人

就能心安理得地待在艋舺了。

趙子豪:你是說,那些遊民一怒之下綁架了婉瑩、威脅曹局長退選？

遊民欸？有可能嗎？

鄭文雄：如果是有人在背後利用他們，事情就沒那麼簡單了。

（**鄭文雄手機響。**）

鄭文雄：喂？處理好了？（**頓**）已經查到了嗎？好，麻煩你現在傳給我。

趙子豪：什麼事？

鄭文雄：昨天我去查閱了這三個月曹婉瑩的通話記錄，發現這一週內她接過兩通陌生號碼來電，剛剛電信行通知我，已經查到對方的身分了。

（**鄭文雄打開筆電，舞台另一側的角落，喝醉的李榮立上，睡在地上。**）

鄭文雄：就是他。

趙子豪：李榮立？

鄭文雄：打給曹婉瑩的陌生號碼就是登記在他的名下的。

子豪，你查一下這個人。

趙子豪：……李榮立是街友，也是社會局的輔導對象，平時都在萬華一帶出沒。

鄭文雄：有前科嗎？

趙子豪：李榮立有偽造文書和暴力犯罪的前科，也是吸毒列管名單，
兩個月前才剛出獄。

鄭文雄：馬上去調查他。

趙子豪：是！

（趙子豪下場。）

（燈光轉換，幽微的燈光下，舞台另一側的角落，趙子豪上場，用手電筒掃射。）

趙子豪：李榮立——李榮立在這邊嗎？

李榮立：唔——誰啊，媽的——

趙子豪：醒醒——你是不是李榮立？

李榮立：你是誰啊？要幹嘛？

趙子豪：我是萬華警察局的趙子豪。

李榮立：誰？

趙子豪：我警察啦。

李榮立：警察？警察找我幹什麼？我什麼都沒有做喔！

趙子豪：你起來，我有話問你。

李榮立：我不去收容所。

趙子豪：我來不是為了這件事。我問你，昨天你人在哪？

李榮立：昨天？我昨天在工地做粗工啊……搬水泥，磚頭，要命，到現在還腰痠背痛——

趙子豪：你工作到幾點？

李榮立：吃完便當……大概晚上七點半。

趙子豪：之後呢？

李榮立：之後，我就買酒請朋友啊，喝到剛剛。

趙子豪：酒醒了嗎？

李榮立：……

趙子豪：曹婉瑩你認識嗎？

李榮立：誰？

趙子豪：你昨天有沒有打電話給曹婉瑩？

李榮立：我沒叫過這個小姐。

趙子豪：你手機拿出來。

李榮立：手機？我沒有手機。

趙子豪：你沒有手機？

李榮立：我怎麼可能有手機啊——

（趙子豪翻找李榮立的家當及回收堆。）

李榮立：我們這裡只有阿良有手機啦，我們要打電話都會找阿良。

趙子豪：身分證呢？給我。

李榮立：不見了啦。

趙子豪：有人拿走過你的身分證嗎？

李榮立：沒有。

趙子豪：賣掉了齁？賣給誰了？

李榮立：……

趙子豪：李榮立，我現在正在辦一個案子，如果沒有人盜用你的身分證，你就是最大的嫌疑人。你最好說實話，不然就給我回去蹲。

（趙子豪逼問著，壓制住李榮立。）

趙子豪：說不說？！

李榮立：……是阿猴啦。

趙子豪：誰？

李榮立：阿猴……他跟我要過身分證，我剛出來的時候需要錢，他跟我說一張身分證可以賣兩千塊，但是我不知道他拿去賣給誰，也不知道他拿去做什麼，我真的不知道。

趙子豪：來，坐起來，帶我去找他。

李榮立：阿猴他是四界浪流連的人，我不知道他走去哪裡，我是真的什麼都沒做。

趙子豪：你有聽過丐幫幫主嗎？

李榮立：誰？洪七公？

趙子豪：阿猴，他是不是你們的老大？

李榮立：警察大人，你武俠小說看太多了，這裡是艋舺公園，哪有什麼老大？大家都是各謀各的生路。有的人撿回收，有的人搬磚頭。要是真的有老大就好了，跟著老大找頭路，哪裡還需要那麼辛苦？

趙子豪：……

李榮立：警察大人，歹勢，你問完了嗎？我可以睡覺了嗎？四點還要上工呢。

（**趙子豪沉默，關上手電筒，燈暗。**）

第五場
白水巷殺人案

（一片黑暗中，只聽得到電話錄音聲。）

△封鎖線內，頭髮凌亂、臉上有血和泥土的趙千伶躺在地上，雙眼緊閉。

曹志誠：喂？

匿名者：曹志誠，退選的事你考慮得怎麼樣了？

曹志誠：把電話給婉瑩，我要先跟她講話，否則我不會答應你的任何條件。

匿名者：曹志誠，五年前在白水巷發生的事，你還記得嗎？

曹志誠：什麼？

匿名者：那個高中女生的名字叫趙千伶，對吧？

曹志誠：……

匿名者：她的頭被砸爛了，腦漿都流出來了，真的很慘。

曹志誠：……你到底是誰？

匿名者：曹志誠，如果你執意繼續參選，小心你的女兒落得一樣的下場。

曹志誠：你聽好，如果你敢對婉瑩怎麼樣的話——

匿名者：時間不多了，好好考慮吧。

曹志誠：喂？——喂？

（電話被掛斷的聲音。）

（燈亮，曹志誠、鄭文雄和趙子豪在萬華分局，曹志誠明顯十分焦躁。）

曹志誠：這通電話找得到對方的位置嗎？

鄭文雄：訊號來源附近有很多密集的建築物，沒辦法準確定位。恐怕等我們到現場，對方早就跑了。

曹志誠：……

趙子豪：雄哥，已經問過工班了，案發當天李榮立的確有去上工，他有不在場證明。

鄭文雄：另一個呢？把他身分證賣掉的那個人呢？

趙子豪：阿猴嗎？已經通知派出所協尋了，找到人之後會第一時間跟我們聯絡。

（沉默片刻。）

曹志誠：阿雄，婉瑩是在三民大街消失的，對嗎？

鄭文雄：是。

曹志誠：那邊也是白水巷的方向吧？

鄭文雄：……是。

趙子豪：那個綁匪，他為什麼會突然提起五年前的舊案？

曹志誠：這個案子早就偵結了啦，這是很常見的恐嚇手段，可能是虛張聲勢，也有可能是模仿犯罪。

（沉默片刻。）

趙子豪：雄哥，我想先去調查一下白水巷的案件。

曹志誠：你在幹什麼東西？你現在重新調查舊案，不就等於被綁匪牽著走嗎？

趙子豪：如果我們找得到當時負責辦案的警員，了解更多細節的話——

鄭文雄：當時白水巷殺人案是我負責的。

趙子豪：……

曹志誠：當初這個案子是在萬華分局結案的，重啟調查很有可能會搞到檢方那邊去，沒完沒了，你以為現在我們時間很多是不是？

趙子豪：沒有，局長，我想說這是目前對方透露的唯一線索——

曹志誠：你對你們隊長當初的判斷有什麼疑慮嗎？

趙子豪：報告沒有……

曹志誠：阿雄，你現在馬上找人去白水巷附近的店家，給我一家一家去問，看看婉瑩被綁架的當天有沒有什麼可疑的狀況。

鄭文雄：是。

曹志誠：還有，以後不要找這種菜鳥仔來辦案！

（曹志誠下場。）

鄭文雄：老大，慢走！

趙子豪，當初我就講了，曹婉瑩的案子沒有那麼簡單。

趙子豪：抱歉，雄哥。

鄭文雄：你想幫忙，我讓你來了，不該說的話就不要說。辦案有自己的想法這很好，以後不要那麼急著出風頭。

趙子豪：是。

鄭文雄：下午你就去白水巷一趟吧。

趙子豪：是。

（趙子豪沒有動。）

鄭文雄：又怎麼了？

趙子豪：隊長，你要我去查曹婉瑩的案子，還是五年前的舊案？

鄭文雄：你現在是怎樣？

趙子豪：我有預感，我覺得這兩個案子一定有關係。

鄭文雄：……

趙子豪：雄哥，五年前的兇手是誰？

鄭文雄：艋舺公園的一個遊民，薛國志。

趙子豪：遊民？

鄭文雄：五年前他在趙千伶的死亡現場被發現，被我當場逮捕。

趙子豪：法院是怎麼判決的？

鄭文雄：薛國志被逮捕的時候，已經處於精神極度不正常的狀態，事發之後好一段時間，大家都不敢到附近來，艋舺公園也臭名遠揚了。

趙子豪：隊長，我想去找薛國志，說不定從他那裡可以問到什麼線索。

現在薛國志被關在哪裡？

鄭文雄：北二監，有精神科醫師定期去看診。但是你去找他只會浪費時間，他是不會回答你的問題的。

趙子豪：什麼意思？

鄭文雄：薛國志是個啞巴，他不會講話，去找他根本沒有意義。

趙子豪：隊長，我知道，白水巷殺人案是你偵辦的，這個案子你比我了解，但我還是想試試看。

（沉默片刻。）

鄭文雄：知道白水巷案件細節的人，除了警方就只有死者的家人。

趙千伶是被她父親一個人帶大的，她爸爸在三民巷的轉角賣滷肉飯。如果你真的想知道，也去那裡問問看吧。

（趙子豪下場，鄭文雄獨自坐在萬華分局內。）

（燈光轉換。）

第六場
關係人

（燈光微亮，舞台一側，趙千伶的父親擦著桌子，收拾攤子。）

（趙子豪上。）

趙子豪：老闆，您好。

趙　父：年輕人不好意思，我們已經打烊了。

趙子豪：老闆，我是萬華分局第三偵查隊的偵查佐趙子豪，我們局裡最近接到了一起綁架案，事情就發生在艋舺公園。**（拿出曹婉瑩的照片）**想要問您一下，這個女生最近有沒有來你店裡吃飯，或是在附近出現？

趙　父：歹勢，沒有。

趙子豪：您是千伶的爸爸，對吧？

趙　父：……對，怎麼了嗎？

人都死了，你們還有什麼要問的？

趙子豪：趙爸爸，綁匪在電話裡提到了五年前千伶的案子。我們推測綁匪是很了解這個案子的人。現在的綁架案、跟五年前的舊案可能很有關係，所以想請您幫我再回想一下。

趙　父：歹勢啦，我不知道。

趙子豪：被綁架的女生叫曹婉瑩，她跟您的女兒一樣讀睿德高中。您有沒有見過她？

趙　父：沒有。

趙子豪：以前您有聽您的女兒提起過這個人嗎？曹、婉、瑩？

趙　父：就跟你說我不知道，沒提過。

趙子豪：趙爸爸，事出緊急，如果您能跟我分享一下千伶曾經跟您說過的話，或是千伶的朋友圈——

趙　父：你剛剛說，那個女學生，也是在艋舺公園附近被綁走的，是吧？

趙子豪：是。

趙　父：我之前就跟你們說過了，他們都是一夥的，你們就是不肯聽。你們就是非要等到再出這種事情。我告訴你，來不及了。

你們分局的曹局長說，要把艋舺的遊民統統趕走，我告訴你，如果真的有這種事，我第一個贊成。

趙子豪：……

趙　父：我拜託你自己去看一下，現在公園亂成那個樣子，到處都是坐過牢的人，你們警察早就該把他通通抓起來。

趙子豪：……

趙　父：別跟我說你們不知道，那個殺死我女兒的兇手，之前就住在公園裡面。我在這邊開滷肉飯攤開了三十多年了，之前公園那些人，我可憐他們，天冷看他們沒飯吃，我就讓我女兒幫忙給他們發便當。

你知不知道我這五年來在想什麼？我在想，那個害死我女兒的人，是不是也吃過我們家的滷肉飯？是不是因為這樣，他才起了壞心，對我女兒做那種事情？我女兒，她有沒有可能是被我害死的？

我一直想，一直想，我真的每天都在想。

趙子豪：趙爸爸——

趙　父：算了，我真的沒什麼好說的。

趙子豪：……

趙　父：你還有別的問題要問嗎？我真的要收攤了。

（趙子豪沉默，燈光轉換。）

（傳來叫號的聲音。）

叫號聲：現在辦理第 6 梯次第 12 號接見，接見時間 30 分鐘。

（舞台另一側，燈光漸亮，趙子豪坐在會客室。）

（監獄官帶老薛上，老薛低著頭。）

監獄官：編號 1810，坐好！

趙子豪：薛國志，可以請你把頭抬起來嗎，薛國志？

薛國志：……

趙子豪：薛國志，我知道你聽得到我說話。

我有問題想問你，可以麻煩你配合一下嗎？可以請你把頭抬起來一下嗎？老薛？

薛國志：……

趙子豪：他平常一直都是這樣嗎？

監獄官：只要看到陌生人，他都會比較緊張。

趙子豪：**（放緩語調）**薛國志，我是萬華分局第三偵察隊的隊員趙子豪，你好。

薛國志：……

趙子豪：我今天來是有幾個問題想問你，不會太久。

如果你知道，就點點頭，如果不知道，就搖搖頭，很簡單，

你不要緊張。

薛國志：唔。

趙子豪：你進來之後，有人來探視過你嗎？

（薛國志點頭。）

有。是你認識的朋友嗎？

（薛國志點頭。）

是。你有聽說過艋舺公園有人自稱是「丐幫幫主」嗎？

（薛國志沒反應。）

有嗎？

（薛國志沒反應。）

（趙子豪拿出曹婉瑩的照片展示給薛國志。）

△螢幕上出現曹婉瑩的照片。

趙子豪：你認識這個女生嗎？曹婉瑩？

薛國志：（搖頭）……

趙子豪：幫我再看一下，不認識，你確定？

那你記得睿德高中的高一生趙千伶嗎？

（趙子豪拿出趙千伶的照片展示給薛國志。）

△螢幕上出現趙千伶的照片。

（薛國志露出緊張的表情。）

趙子豪：這個，幫我看一下，你記得她是誰嗎？五年前，你在萬華的

白水巷殺害了這個女生——

（薛國志的表情逐漸變得驚恐。）

薛國志：（激動地搖頭）唔啊啊——

監獄官：編號 1810，警告！

（薛國志指著趙千伶的照片，發出奇怪的聲音。）

趙子豪：老薛，冷靜！冷靜！你當時有共犯嗎？

薛國志：啊——

趙子豪：你當初有沒有跟任何人提起過這個案件的細節？

薛國志：啊啊——

監獄官：編號 1810，老實一點！

薛國志：……

（薛國志閉上嘴，指著趙千伶的照片，發出奇怪的聲音、搖頭。）

趙子豪：老薛，冷靜一點。

（老薛猛烈地搖頭，發出奇怪的聲音。）

趙子豪：老薛，你是不是有別的話想跟我說？

（老薛冷靜下來。）

趙子豪：不好意思，我可以跟他單獨相處一下嗎？只要五分鐘就好。

監獄官：這不符合規定。

趙子豪：拜託學長，五分鐘，五分鐘就好，有任何狀況我馬上叫你。

監獄官：……我就在門口。

趙子豪：謝謝學長。

（監獄官下。）

趙子豪：老薛，冷靜好嗎？只剩我們兩個人了。

我看過白水巷殺人案的檔案，這個案子很快就結案了，但你一直拒絕認罪，是嗎？**（薛國志點頭）**老薛，說實話，我不相信人是你殺的。

（薛國志大力搖頭。）

趙子豪：但那天你在現場，對吧？

（老薛發出奇怪的聲音。）

趙子豪：雖然時間有點久了，但麻煩你幫我回想一下，我要問你五年前偵辦這個案子時候的狀況，你記得當時負責這個案子的警員都有哪些人嗎？

薛國志：……

趙子豪：我給你看照片好不好，如果有人是你認識的，你記得的，你就點頭好嗎？

（趙子豪拿出第三偵察隊的合照，展示給薛國志。）

趙子豪：這個你認識嗎？

薛國志：……

趙子豪：那這個呢？

薛國志：……

趙子豪：這個？

（薛國志看著照片，大叫著、試圖從椅子上站起來。）

薛國志：啊——

趙子豪：薛國志！

薛國志：啊啊——

（監獄官上。）

監獄官：編號 1810，停止接見。

趙子豪：等一下——

監獄官：停止接見！醫生！醫生！

（薛國志繼續瘋狂大叫，監獄官強制帶薛國志下。）

（趙子豪呆在原地，監獄官隨後上。）

監獄官：今天的問訊只能到這裡。

趙子豪：不好意思，學長，給你添麻煩了。

他平時也會像現在這樣突然發作嗎？

監獄官：薛國志入監以來一直都還算穩定，但最近他的狀況突然變得很差，常常發病，只能暫時安排他住在隔離室。

趙子豪：他是從什麼時候開始變成這樣的？

監獄官：如果沒記錯，應該是上個月。

趙子豪：上個月……

監獄官：這邊是剛剛你想要調的資料，編號 1810 的探訪記錄。

趙子豪：謝謝——

監獄官：其實幾乎都沒人來探訪，只有一個人會定期來看他。
如果沒記錯，他好像也是你們萬華分局的人。

（趙子豪看著探訪記錄，沉默，燈漸暗。）

第七場
條件

＊本場次中匿名者不現身，僅以變聲效果呈現他的在場。

（燈亮，幽暗的燈光下，蒙著眼睛的曹婉瑩被綁在椅子上。）

（開門聲。）

（關門聲，綁犯匆匆走近曹婉瑩的聲音。）

（曹婉瑩害怕地縮成一團。）

曹婉瑩：對不起，對不起，我什麼都不知道，對不起——

匿名者：閉嘴。

曹婉瑩：……我想喝水，拜託，我可以喝水嗎——

（沉默。）

曹婉瑩：我想上廁所……可以讓我去上廁所嗎？

（沉默。）

曹婉瑩：嗚——！我想回家！求求你，求求你放我回家！

匿名者：妳真的想回家？

（曹婉瑩點頭。）

匿名者：那我就送妳回家吧。

曹婉瑩：……真的嗎？

匿名者：送什麼回家呢？妳的鼻子？耳朵？還是一根手指頭？

曹婉瑩：……

匿名者：算了，我還是做個好人，把妳的屍體完完整整的送回家吧。

曹婉瑩：拜託你，再給我爸爸一點時間，他一定在想辦法。

可以幫我聯絡我爸爸嗎？讓我跟他講話，讓我跟他說——

匿名者：曹志誠已經放棄妳了。

曹婉瑩：……

匿名者：他到現在還不肯滿足我的要求，他根本不把妳當一回事。

曹婉瑩：你如果真的殺了我，你也會完蛋！我爸爸一定不會輕易放過你的！

（曹婉瑩被打一巴掌。）

曹婉瑩：嗚——！！

匿名者：很痛是不是？

曹婉瑩：……

匿名者：妳在睿德高中的時候，也這樣打過別人吧？

妳的學妹趙千伶，妳還記得嗎？

曹婉瑩：……

匿名者：五年前，她被人發現陳屍在白水巷的那天，妳們是不是約好要見面？

曹婉瑩：沒有，我跟趙千伶根本就不熟啊——

（曹婉瑩被匿名者掐住脖子。）

匿名者：說謊。妳對她做過什麼事，妳自己清楚。

曹婉瑩：……

匿名者：現在我問什麼，妳就回答什麼。

曹婉瑩：唔——

匿名者：她為什麼要約妳去白水巷？

曹婉瑩：……她說要跟我單獨談談。

匿名者：談什麼？

曹婉瑩：她跟我說，讓我不要再欺負她了。

匿名者：後來呢？她是怎麼死的？

曹婉瑩：……她是被一個瘋子殺死的……是我親眼看到的。

那時候我跟她在講話，根本沒注意那個瘋子是從哪裡出現的，他就突然衝上來，抓住趙千伶，然後開始扯她的衣服……但是她一直掙扎，大叫……他就拿起石頭砸她的頭……

匿名者：然後呢？

曹婉瑩：然後——然後我就逃跑了，我真的很害怕，我怕他也對我做一樣的事——

匿名者：妳說的是真的嗎？是曹志誠教妳這樣說的嗎？

曹婉瑩：……

匿名者：距離我跟曹志誠約定的時間就快到了。

曹小姐，我們兩個來談個條件吧。

曹婉瑩：……

匿名者：如果妳把五年前事情的真相告訴我，我就放妳回家。

（燈暗，趙千伶的影像逐漸進。）

第八場
選擇

△封鎖線內，頭髮凌亂、臉上有血和泥土的趙千伶躺在地上，雙眼緊閉。

（幽暗的燈光下，鄭文雄拿著手電筒上場。）

△影像畫面逐漸轉為五年前趙千伶被謀殺的案發現場。

（曹志誠拿著手電筒上場。）

曹志誠：是誰？誰在那邊？

鄭文雄：隊長，是我。

曹志誠：……是阿雄喔。

鄭文雄：是。

曹志誠：這麼晚了，你怎麼在這？

鄭文雄：我想再重新看一下現場。

隊長怎麼來了？

曹志誠：下班路過，剛好看到，我還以為有人進來搞破壞，沒想到是你。

鄭文雄：拍謝隊長，我再看一下，很快就好。

曹志誠：阿雄，你是對這個案子還有什麼疑慮嗎？

鄭文雄：隊長，你覺得這裡真的是第一現場嗎？

曹志誠：什麼意思？

鄭文雄：⋯⋯

曹志誠：強姦犯和第一現場的地緣關係最大，你在警校沒學過嗎？

鄭文雄：我只是怕我們遺漏了什麼。如果這裡真的是第一現場，如果⋯⋯我們要盡量還原案發時的情況的話——

曹志誠：你要怎麼還原？這附近幾條巷子，連台他媽的監視器都沒有。

鄭文雄：但是遊民都在這一帶活動，說不定我們有機會找得到目擊證人——

曹志誠：阿雄，你告訴我，這裡是哪裡？

鄭文雄：⋯⋯

曹志誠：這裡是萬華，是艋舺公園。你知道這裡有多少遊民嗎？幾百個人，難道你要一個一個去問嗎？

鄭文雄：不是啦，隊長——

曹志誠：你從小就在這裡長大，對艋舺有感情，對艋舺人有感情，我都知道。但是我告訴你，我們永遠沒辦法真的了解一個人。有的時候，一個念頭到行動，真的只是一個瞬間的事情。沒有人天生就是殺人犯，但是，這世界上幾乎所有人，都有過想殺人的念頭。我跟你，跟那些殺人犯最大的區別，就是我們腦袋裡會有一個剎車，薛國志的剎車就是那個瞬間突然失靈了。

鄭文雄：不是啦，隊長，我這樣說不是要幫老薛開脫，只是老薛很早就來艋舺公園，我們隊上沒有人不認識他。我也有跟社工要過檔案，我覺得薛國志不是這樣的人——

曹志誠：你覺得？我們辦案是看證據，還是靠你的推斷？

鄭文雄：……

曹志誠：這是個難得好辦的刑案，別人想要還拿不到。你還年輕，把它辦下來，績效就是落在你的頭上。

我這樣說是為你好。沒事就早點回家休息，不要想太多。

（解掉封鎖線）這個案子已經可以簽結了，別鑽牛角尖了，不要浪費太多時間。

（曹志誠下。）

（鄭文雄打開監視器錄影。）

△陳舊的錄影，趙千伶走進艋舺的暗巷，曹婉瑩跟在她後面。

△半小時後，曹婉瑩迅速逃離現場的身影。

（鄭文雄重複播放著錄影。）

（燈光漸亮，趙子豪上場。）

趙子豪：隊長。

鄭文雄：……

趙子豪：隊長？

鄭文雄：**（關掉監視器畫面）**子豪，怎麼回事，怎麼搞了這麼久？

趙子豪：抱歉。

鄭文雄：結果怎麼樣？

趙子豪：我去跟趙千伶的父親聊過，他非常相信當初警方的判斷，他沒見過也不認識曹婉瑩，也沒聽他女兒提起過這個人。

鄭文雄：北二監呢，你去了嗎？

趙子豪：嗯？

鄭文雄：你不是說要去見見薛國志嗎？有什麼收穫嗎？

趙子豪：沒有。

鄭文雄：什麼都沒有？

趙子豪：……沒有。

鄭文雄：早就跟你說過了，不會有結果的。

趙子豪：……

鄭文雄：我今天去過白水巷了，暫時沒有什麼新的發現。曹局長的線人也已經在動作了，說不定很快就會有新的線索。

趙子豪：……

鄭文雄：你怎麼了？看上去怪怪的。

趙子豪：我沒事，只是有點失眠。

鄭文雄：要不要喝一點，比較好睡。

趙子豪：……

鄭文雄：剛開始辦案的時候都這樣，習慣就好了。

（趙子豪喝了一口酒。）

鄭文雄：這就對了。

趙子豪：隊長，白水巷殺人案是你偵辦過最大的刑案嗎？

鄭文雄：是啊，怎麼了？

趙子豪：有件事我怎麼想也想不明白，當初這個案子不到兩個星期就結案了，資料非常少，就連筆錄也很簡單。隊長，你對這個案子真的沒有任何疑慮嗎？

鄭文雄：既然你已經看過檔案了，應該也知道薛國志犯案是罪證確鑿，有什麼好懷疑的？

鄭文雄：……

趙子豪：隊長，其實我今天去北二監探訪薛國志的時候，有調閱他的探訪記錄。

鄭文雄：沒錯，我從五年前開始就定期探訪他了。

趙子豪：為什麼？

鄭文雄：薛國志是因為一時起心動念，過失殺人，他一直住在艋舺公園，無親無故，所以我沒事就去看看他，有什麼問題嗎？

趙子豪：那你一定也知道，薛國志始終沒有認罪吧？

鄭文雄：聲稱自己無罪的罪犯不只他一個。

趙子豪：但結案之後，你從來沒去看過趙千伶的家人。

鄭文雄：⋯⋯

趙子豪：為什麼你不去探望受害者家屬，卻要一直去找一個精神失常的罪犯？

鄭文雄：趙子豪，你現在是在問我話嗎？

趙子豪：報告沒有。

（鄭文雄起身。）

鄭文雄：子豪，我跟你說，很多時候，你以為你已經接近了核心，但那都只是在騙自己。這個時候，要學聰明一點，你要適時地把頭撇開。否則，你永遠看不到真相，懂了嗎？

趙子豪：⋯⋯

鄭文雄：早點休息。

（鄭文雄下場。）

（趙子豪一個人留在萬華分局裡，燈漸暗。）

第九場
迷霧

△緩慢的影像：一片迷霧中，趙子豪走著。

△趙子豪看到被綁架的曹婉瑩。曹婉瑩無聲地說著：「救救我。」

△曹婉瑩的臉逐漸變成了趙千伶的臉。

△趙千伶無聲地說著：「救救我。」

△有一雙手勒住趙千伶的脖子，趙千伶無力地掙扎著。

△鏡頭上移，那人是鄭文雄。

（燈亮，趙子豪從夢中驚醒，發現自己睡在警局。）

趙子豪：隊長？

（沒有回應。）

（趙子豪看了看手錶，撥電話，舞台另一側，北二監監獄官上。）

趙子豪：喂？北二監嗎？我是萬華分局第三偵查隊偵查佐趙子豪。

昨天我有去會見一位受刑人，但對方情緒不穩定，所以沒能完成問訊。我想問一下他目前的狀況，如果可以，我想安排第二次會見。

監獄官：犯人編號？

趙子豪：1810。

監獄官：1810 ？薛國志？

趙子豪：是。

監獄官：他已經不在北二監了。

趙子豪：什麼？

監獄官：他昨天晚上突然發病，緊急送醫。

兩個小時前我們接獲通知，犯人已經死亡。

趙子豪：他死了？怎麼可能？我昨天才剛剛見過他——

他是怎麼死的？

監獄官：自然死亡。

趙子豪：你確定嗎？

監獄官：是醫院的判定。

趙子豪：醫院怎麼說？

監獄官：我們還沒有收到死亡證明，如果你有疑慮，可以問醫院急診醫師。

趙子豪：昨天晚上，薛國志是什麼時候發病的？

監獄官：大概是八點半左右。

趙子豪：你在現場嗎？

監獄官：有，昨天是我值班。

趙子豪：有發生什麼特別的事嗎？

監獄官：昨天本來一切都很正常，不過我記得大約八點半的時候，有一個人突然提出說想看新聞。電視是我開的，所以我記得很清楚。剛開沒多久，薛國志就忽然發作，現場亂成一片。

趙子豪：……

監獄官：他真的發作得很嚴重，護理師到場的時候，他已經滿嘴都是血了。我們就趕緊叫救護車送醫。

趙子豪：昨天電視在播什麼新聞？

監獄官：沒什麼特別的啊，就是最近天天在報的選舉——

趙子豪：……哪個頻道？

監獄官：我記得好像是……聯視新聞台。

趙子豪：了解，謝謝你。

（監獄官處燈漸暗，趙子豪拿出筆電搜索資料。）

趙子豪：聯視新聞台，晚上八點半……

（趙子豪播放昨天的新聞。）

新聞聲：……距離總統大選和立委選舉不到兩週的時間，一向被視為熱戰區的中正萬華區今年終於殺出新黑馬，根據民調中心公佈的最新數據顯示，深受在地選民歡迎的前萬華警察局局長曹志誠力壓其餘候選人，民調大贏 25.8 個百分點。今天曹志誠一早就到艋舺青山宮參拜，行程滿檔的他在鏡頭前略顯疲態。據了解，曹志誠近日結束一天的行程後，都會在競選辦公室待到深夜，他表示，來自選民的電話，他一通也不想漏接……

趙子豪：曹志誠？

曹志誠：跑行程當然會累，但現在這個時候就是要堅持下去，該拜訪到的都要拜訪到。最近只要路過，我都會回去分局，跟我的老同事們聊上兩句，關心一下最近分局的情況，看看他們有什麼案件需要咨詢。畢竟那是我最熟悉的領域，我希望在選舉的同時，可以盡我所能，為萬華人更實際地做點事……

新聞聲：是的，看到曹局長熱情滿滿的發言，想必他這次一定是勢在必得，希望曹局長能夠如他所說的那樣，真的造福萬華區的人民，接下來聯視新觀點一樣會為大家帶來選情新戰況，請繼續鎖定聯視新聞台……

（曹志誠上，趙子豪連忙合上筆電。）

曹志誠：阿雄？阿雄？

趙子豪：曹局長——

曹志誠：你們隊長呢？

趙子豪：他不在局裡。

曹志誠：**（撥電話）**喂？阿雄，是我，我接到線報，婉瑩人被關在東園路的工廠區，叫第三偵查隊的隊員回分局報到，然後立刻出發，東園路和三民大街交叉口匯合……先這樣。

靠腰，那一帶都是廢墟，要什麼搜索票？等搜索票下來，還來得及救人嗎？快點啦！

趙子豪：報告局長，局裡的隊員準備好了。

曹志誠：裝備帶一帶出發了啦！

趙子豪：是。

（二人下場。）

（幽微的燈光，或燈光全暗，傳來隊員和鄭文雄的對話聲。）

隊員 A：報告隊長，第一組已就位。

鄭文雄：收到。

隊員 B：第二組就位。

鄭文雄：收到，開始搜索。

隊員 A：報告，工廠南區沒有發現目標對象。

鄭文雄：繼續搜索。

隊員 B：隊長，北區沒有發現可疑狀況。

鄭文雄：小隊匯合，往工廠西側前進。

隊員 A：報告，工廠後門附近發現一個鐵皮屋。

鄭文雄：看得見裡面的情況嗎？

隊員 A：屋子裡很暗，看不清楚，也沒有聲音，直接破門嗎？

鄭文雄：好，行動。

（破門聲，隊員的呵斥聲，腳步聲，接著很快就安靜下來。）

鄭文雄：現場狀況怎麼樣？有看到曹婉瑩嗎？

（燈光漸暗，影像出。）

△影像，一片雜訊後，原本綁著曹婉瑩的椅子現在已經空了。

△畫面外傳來一個變聲的聲音。

匿名者：曹志誠，我是丐幫幫主，當你看到這則影片的時候，說明你已經報警、違反了遊戲規則，交易時間必須縮短，我要求你必須在今天中午十二點之前召開記者會，公開宣佈退選，否則你再也看不到你的女兒……

（微弱的燈光下，曹志誠頹喪地坐著，手裡拿著一台 DV，鄭文雄站在他身旁。）

鄭文雄：誠哥，我們晚了一步，曹婉瑩已經被轉移了。

曹志誠：媽的。

鄭文雄：現場很乾淨，有被仔細清理過。除了綁匪留下的這台 DV 之外，什麼都沒發現。

曹志誠：⋯⋯

鄭文雄：誠哥，現在要怎麼辦？

曹志誠：什麼意思？

鄭文雄：距離綁匪要求的時間只剩不到六個小時了。

曹志誠：所以呢？

鄭文雄：現在宣佈退選，就能確保婉瑩的安全。

曹志誠：你以為退選之後再參選，有那麼容易嗎？

鄭文雄：如果婉瑩真的出事怎麼辦？

曹志誠：我們還有時間。

鄭文雄：就算現在有現場可以蒐證，也很難這麼快抓到人。

曹志誠：阿雄，你之前不會說這種話的。

鄭文雄：……

曹志誠：不說別的，就說白水巷的案子，你跟我說你相信薛國志是無辜的，到開庭前一刻你還在跑現場。
婉瑩出事後，我第一時間就來找你，是因為我相信你的能力。但這個案子自從交到你手裡，一點進展都沒有。你到底在搞什麼東西？

鄭文雄：誠哥，選舉真的比婉瑩的命還重要嗎？

曹志誠：我違反了交易條件，但婉瑩還活著，你知道這是什麼意思嗎？這個孬種根本不敢殺人。所以我怎麼可能現在就放棄？

鄭文雄：……

曹志誠：好好蒐證，我不相信他什麼痕跡都沒留下。

（曹志誠下場。）

鄭文雄：媽的，選舉選舉，心裡只有選舉，都什麼時候了，他是真的不管他女兒的死活了嗎？

趙子豪：隊長，綁匪為什麼會知道今晚的突襲？這不是保密的行動嗎？

鄭文雄：……

趙子豪：第一時間知道這件事的人，除了曹局長之外，只有你跟我。

（沉默片刻。）

鄭文雄：如果沒有別的事，你先出去吧，我想一個人靜一下。

趙子豪：有件事要跟你報告，薛國志死了。

鄭文雄：什麼？什麼時候的事？

趙子豪：就在突襲工廠區不久之前，北二監的監獄官親口告訴我的。

（沉默片刻。）

鄭文雄：怎麼可能？

……老薛他怎麼可以就這樣死了？

（沉默片刻。）

趙子豪：隊長，剛剛曹局長說，你從一開始就不相信薛國志是殺人兇手，這是真的嗎？

鄭文雄：什麼意思？

趙子豪：你真的不知道白水巷殺人案的真兇是誰嗎？

鄭文雄：你到底想說什麼？

趙子豪：我去人事部查過檔案，白水巷殺人案的偵辦期間，你還是偵查佐，但是結案之後不到一個月，你就升任第三偵查隊的隊長了。

鄭文雄：……

趙子豪：從那個時候開始，我就開始懷疑，當初你會不會是為了自己的績效，才匆匆結案，放走真正的兇手？

鄭文雄：……

趙子豪：我去北二監會見薛國志，他在看到照片的瞬間突然發作。（**亮出照片**）這麼多年來，只有你會定期去見他。你經手過成百上千個案子，為什麼偏偏對薛國志這麼在意？你去看他，是不是為了確認他的精神狀況還是跟當年一樣，無法為自己辯護？只要薛國志還是個瘋子，就沒有人知道五年前的真相，你就能保住你隊長的位子。

（鄭文雄笑了笑，拿出槍。）

（趙子豪警覺地把手也按在自己的槍上。）

（但鄭文雄只是把槍放在桌子上。）

鄭文雄：子豪，你是這樣想的嗎？

趙子豪：我也不想這樣想，但所有證據都指向你，然後我發現，薛國志只要看到曹志誠的新聞就激動到發病，但他現在也死了，什麼線索都沒了。

鄭文雄：……

趙子豪：你到底是誰？

（鄭文雄的手機提示聲響起。）

（鄭文雄看了看手機，打開筆電。）

鄭文雄：我們可以結案了。

趙子豪：什麼？

（鄭文雄示意趙子豪看筆電。）

鄭文雄：來吧，這就是你想要的真相。

（鄭文雄點開筆電影片。）

鄭文雄：我已經讓曹婉瑩回家了。

△影像，曹婉瑩的自白，身上有斑駁的血跡，虛弱、嘴唇發白，明顯失血。

曹婉瑩：我是中正萬華區 2 號候選人曹志誠的女兒曹婉瑩…我要在此澄清，五年前萬華白水巷殺人案的兇手是我，那個時候，我高三……是我害死趙千伶的……我很抱歉……在此我想跟受害者家屬、被無辜定罪的人，還有所有的社會大眾道歉……

（舞台氛圍逐漸轉變。）

鄭文雄：當年辦案的時候，我就懷疑薛國志的罪證是被偽造的，怎麼可能有這麼容易被逮捕的現行犯，這麼完美的殺人現場？直到後來我才發現，曹婉瑩才是最後一個見過趙千伶的人。

（舞台另一側微弱的燈光漸亮，趙千伶獨自一人徘徊在暗巷。）

鄭文雄：曹婉瑩在睿德高中的時候就常常霸凌同學，趙千伶就是其中一個受害者。

（舞台另一側燈漸亮，曹婉瑩上。）

曹婉瑩：說吧，妳約我來這裡幹嘛？
趙千伶：學姐……以後，妳可不可以不要再這樣對我了。
曹婉瑩：趙千伶，妳以後不要再這樣講了，我聽都快要聽煩了——
趙千伶：妳真的不能再這樣對我了。
曹婉瑩：……
趙千伶：兩天前，在學校操場，我有看到。
我有看到妳把東西賣給學長。

曹婉瑩：我聽不懂妳在講什麼。

趙千伶：我知道那是什麼。

曹婉瑩：……

趙千伶：如果妳在學校繼續欺負我的話，我就會把這件事講出去——

我一定會告訴老師。

曹婉瑩：妳覺得憑妳這樣講，別人就會相信妳嗎？妳有證據嗎？

趙千伶：如果老師不管的話，我會報警。

曹婉瑩：趙千伶，妳太天真了吧，妳以為報警有用嗎，我爸就是警察欸——

趙千伶：如果大家知道警察局長的女兒販毒呢？別人會怎麼想？

曹婉瑩：妳在講什麼東西？

趙千伶：如果我真的報警，妳爸爸就會完蛋。

曹婉瑩：趙千伶，妳現在是在威脅我嗎？妳敢說出去試試看！

（二人拉扯。）

趙千伶：警察女兒販毒啦——

曹婉瑩：閉嘴！

（**曹婉瑩推倒趙千伶。**）

曹婉瑩：趙千伶？妳在幹嘛，裝死是不是？

喂，起來啊。

聽到沒有——給我起來！快點起來啊——喂！

鄭文雄：我調查過曹婉瑩的通話記錄，事發之後，她最後一通電話

是打給曹志誠的。

（**曹婉瑩發現趙千伶沒有動，驚慌地打電話。**）

曹婉瑩：喂，爸爸，我剛剛跟學妹在一起——我……我只是推了她

一下……但是她現在沒有在動，她好像沒有呼吸了……

怎麼辦，爸爸——她好像死了……

沒有，這裡沒有人……

我……我現在——我在白水巷，白水巷 22 之 5 號……

（**舞台另一側燈漸暗。**）

鄭文雄：當我接到通知、抵達現場的時候，看到的就只有薛國志。

我重新調閱監視器，發現事發後不久，曹婉瑩就匆匆逃離現場。但我約談曹婉瑩的時候，她一句話都不肯說。曹志誠告訴我，曹婉瑩是因為看到了殺人現場，受到了太大的精神刺激，才會變成這個樣子。

我辦案十幾年了，什麼樣的人沒看過，根本想都不用想就知道曹婉瑩絕對有問題。

我知道薛國志是無辜的，也知道曹志誠讓我盡快結案，是在包庇他的女兒，但除了那段監視器錄影之外，我沒有她涉案的任何證據。
所以你說的沒錯，我的確放走了當年的真兇。

我剛進萬華分局的時候，就是跟著曹志誠，他很照顧我，如果沒有他一手提拔我，也不會有我的今天。但是這五年來，我每一天都在後悔。每次翻開當年的卷宗，上面的每一個字都好像在嘲笑我。我永遠記得移送薛國志的時候他臉上的表情，驚恐，茫然，好像一個不知道自己做錯了什麼事的小孩——我知道他是無辜的。

所以，我能做的唯一一件事，就是常常去北二監看薛國志，買幾道下酒菜，陪他喝一杯。

上個月，我在龍山寺執勤，看著那些街友在燈火通明的艋舺公園裡來來去去。我在想，如果不是因為我，薛國志應該也會在其中一個角落安穩地睡著。但如果曹志誠真的要肅清萬華，這些人都會無家可歸。沒了艋舺公園，他們還能去哪裡？
如果曹志誠真的當選，這個案子就永遠不可能翻身。就算重啟調查，也不可能讓我負責。交到別人手裡，只會落得跟五年前一樣的結果。

白水巷殺人案，是從我這裡開始的，就必須在我手上了結。

（沉默片刻。）

趙子豪：你是怎麼綁架曹婉瑩的？

鄭文雄：事發當天，是我約曹婉瑩到白水巷去。我跟她說，如果她不出現，我就會公佈五年前的真相。

曹婉瑩手機上的那通陌生來電，威脅曹志誠的電話，都是我讓猴子打的。猴子是跟了我二十多年的線人了。曹志誠接獲線報、突襲工廠之前，也是我轉移了曹婉瑩。

（場景重現，匿名者是鄭文雄。）

鄭文雄：距離我跟曹志誠約定的時間快到了。

曹小姐，我們兩個來談個條件吧。

曹婉瑩：……

鄭文雄：如果妳把五年前事情的真相告訴我，我就放妳回家。

（鄭文雄電話突然響起，他看了一眼曹婉瑩，到門外去。）

鄭文雄：曹局長，是我。

要突襲？什麼時候？……地點在哪裡？東園路……三民大街？

是，知道了，那搜索票呢？

是，我馬上就回局裡。

（鄭文雄掛上電話，匆匆打給猴子。）

鄭文雄：猴子，人要馬上帶走，你十分鐘之後過來。

（鄭文雄進門，明顯焦躁起來。）

鄭文雄：時間不多了，現在我只能給妳最後五分鐘——

曹婉瑩：你到底要我說什麼……

鄭文雄：五年前在白水巷，發生了什麼事？

曹婉瑩：我……我剛剛——我明明已經跟你講過了啊，我真的什麼都不知道。

鄭文雄：幹！

曹婉瑩：嗚——

鄭文雄：快點說！

曹婉瑩：嗚嗚——

鄭文雄：妳他媽到底說不說？！

（曹婉瑩搖頭。）

鄭文雄：好，好。

（鄭文雄剪下曹婉瑩的手指。）

（曹婉瑩無聲地尖叫，燈暗。）

△影像，象徵全劇的最高潮。可能是昏暗、優雅的死亡意象，亦或是鄭文雄的心境的某種折射，腐爛的東西、恨意、快感、內疚、瀕臨脫軌的瘋狂。血是最不希望出現的選擇。

（場景轉換，時空回到現在的萬華分局。）

（鄭文雄從內側口袋裡拿出曹婉瑩的食指，放在辦公桌上。）

鄭文雄：我本來不想這麼做的。

如果她早點講出真相，早就可以回家了。

趙子豪：隊長……

鄭文雄：子豪，你還記得剛進分局的時候我問過你，為什麼想當警察嗎？

當警察，就是為了正道正義。五年前我沒能做到，現在我這樣做，只是為了抓到真兇，還薛國志一個清白。

（沉默片刻。）

趙子豪：不，隊長，你只是為了你自己。

你私自綁架曹婉瑩，只是為了了結你自己五年前的執念，只是這樣而已。

鄭文雄：如果換做是你，你會怎麼辦？

趙子豪：我不知道，但我知道我現在要怎麼做。

隊長，我要以涉嫌綁架及傷害的罪名逮捕你。

（燈光漸暗。）

第十場
尾聲

（黑暗中，傳來新聞播報聲。）

電視聲：一個小時前，曹志誠的女兒曹婉瑩對大眾公開喊話，表示自己是五年前白水巷殺人案的真兇，該影片在網路上被大肆轉發，短短一個小時內就達到了三百萬次的觀看數。對於目前選戰正夯的中正萬華區來說，可謂是投下了極大的震撼彈。候選人曹志誠於競選辦公室召開緊急發布記者會，除公開宣布退出此次選舉之外，竟表示女兒是無辜的，自己才是真正的殺人兇手……

（舞台一側，微弱的燈光下，曹志誠獨自坐著。）

△緩慢的影像：如同陳舊的 DV 檔案、或如同夢境一樣的畫面。封鎖線內，頭髮凌亂、臉上有血和泥土的趙千伶躺在地上，雙眼緊閉。

曹志誠：事發當天傍晚，下著大雨，我接到婉瑩的電話，婉瑩告訴我，她不小心失手把同學推倒在階梯上，她跟我說，那個女生已經沒了呼吸，是我指使她離開現場的。

等我到白水巷的時候，現場沒有發現屍體，我在附近搜索，在幾百米遠的地方，看到一個遊民抱著那個女孩，他看到我，向我求救。我在想，如果把這個案子栽贓給他，我女兒就沒事了。

△緩慢的影像：趙千伶的臉被逐漸推近，她緩緩睜開雙眼，看向鏡頭。

曹志誠：那個時候，我真的以為那個女孩已經死了。打昏薛國志之後，我撿起身旁的一塊石頭，砸向那個女生的頭。當我砸第一下的時候，沒想到，她竟然醒了，她睜開眼睛，好像在跟我講話。

△緩慢的影像：趙千伶無聲地說著：「救救我。」

曹志誠：那一刻，我腦中閃過叫救護車的念頭，但我知道，我不能這樣做，是她約婉瑩來白水巷的，而且現在她也看到了我的臉。
我腦子裡一片空白，我什麼都沒想，我就繼續砸下去，第二下，第三下。

（舞台另一側，燈光逐漸亮起，萬華分局，趙子豪在看曹志誠的筆錄。）

趙子豪：那天雨越下越大，大到可以沖走所有的證據，我知道，這會是一個完美的犯罪現場。

2019 年 12 月 24 日，我是曹志誠，我證明證詞與筆錄並無出入，一切屬實。

（曹志誠處燈暗，趙子豪處燈漸亮，趙子豪放下筆錄。）

趙子豪：那天，綁架案就此結案，白水巷殺人案也水落石出。
五年來，萬華分局跟過去一樣，什麼都沒變，學弟妹們來來去去，有的我連名字也來不及記起來。新來的隊長很年輕，跟鄭文雄完全不同，他想在分局帶起一股新風氣，恨不得每天都要掃黑、緝毒、跑現場。一個分局裡的老學長跟我說，他很像當年的曹志誠。

曹志誠，現在整個分局裡幾乎沒有人公開談論他，那些緝毒英雄、模範警察的照片早就被撤了下來，有的時候，甚至連我都快忘了，自己當初來萬華分局的原因。

這五年，我還是在這張桌子上，打公文，做筆錄，請陳情的民眾喝茶，一切還是老樣子。

其實說真的，我不怪現在的隊長，親手把自己的長官送進地檢署的人，有誰敢用呢？

我還記得，移送鄭文雄的那天，天氣很好，一路上我們都沒有說話。下車的時候他跟我說：「子豪，好好做。」但是我真的不知道我還能做什麼。

（趙子豪拿出一瓶酒，喝了一口。）

趙子豪：所以，到底為什麼要當警察呢？

（燈急暗。）

—劇終—

創作筆記

二〇一二年初次從中國大陸來臺時，我第一次見識到名為「選舉」的盛大祭典。記得開票結束的當晚，我坐在住家附近的小吃店裡吃晚餐，這家小吃店平常總是客滿，喧嘩吵雜、人聲不斷。但那天，刺目的白色燈光下，大家一反常態安靜地用著餐，老闆把電視開到最大聲，無數隻眼睛盯著螢幕上不斷跳動的票數，那種近乎詭譎的情境，至今仍歷歷在目。

人生至今活了三十二年，我卻從未感受過投票的滋味，對於臺灣人來說習以為常的事情，對我而言則是無比新奇。看著政論節目中名嘴的唇槍舌戰，造勢晚會上候選人的慷慨激昂，掃街拜票打陸戰時的人潮洶湧，不啻為一齣齣精彩的獨幕劇、堪稱完美的獨白。我不禁在想，為何劇場中鮮少以「政治」、「選舉」入題呢？這樣的創作意念，在我心中就此埋下種子。

差不多同一時間，我看到市政府清潔隊灑水驅趕遊民事件的新聞，更讓我開始思考政客口中的「施政理念」與「人性」之間的距離。那年，也是我第一次走進艋舺公園、那個被無家者們稱為「龍山大飯店」的所在。那些聚集在艋舺公園的中高齡體力工作者們，原本還能靠著領日薪過生活，隨著人力派遣公司逐漸成立、外籍移工來臺，這群本來就無組織的人們，只能從「等工作」，逐漸變成「等待時間過去」。他們喝酒、交朋友、聊天、下棋、熟睡、簽賭，只是打發無意義日子的消遣，更是維持僅剩不多的親密關係和人際連結的手段。

二〇二一年，萬華茶藝館爆發嚴重傳染性肺炎群聚感染事件，萬華及無家者們一瞬間便成為眾矢之的。具有高度包容性、多元性和複雜性的老萬華，在殘酷的都市結構中竟如此岌岌可危，許多人開始高呼「趕走街友、驅逐敗類」。然而，艋舺公園就是無家者們的家，把他們從自己的家裡趕走，他們還能去哪裡？

以上種種心路歷程，便成就了如今的《艋舺公園殺人事件》。

劇本故事從一則立委候選人女兒的綁架案開始，在辦案過程中，逐漸揭露出五年前一樁高中少女殺人案的真相，不可諱言是受到韓劇《秘密森林》的啟發。《艋舺公園殺人事件》意圖透過警政體系之間的權力鬥爭，探討何為「正義」、何為「善惡」。我想透過菜鳥警察趙子豪的眼睛，帶領觀眾走進迷霧般的辦案過程，在抽絲剝繭中，體悟到人性本身的複雜。

《艋舺公園殺人事件》是「懸疑三部曲」中耗時最久的劇本，

也是對我而言最具有挑戰性的作品，更是我第一次有意識地將影像的使用加入到舞台劇劇本中，希望能給予觀眾新的視聽體驗。

在此，想要深深感謝戲劇顧問王健任、盜火劇團藝術總監何應權，在我的寫作過程中給予最寶貴的建議，提供私藏的書單與片單。感謝製作人丁福寬、鄭青青，在最早的創作期，願意花上大把的時間，與我共同天馬行空想像故事與角色。更感謝在田野調查階段願意接受我訪問的警察朋友們的無私分享，謝謝你們。

本次，也很榮幸與遊域沉浸故事體驗館的魏楷軒（大楷）合作，將《艋舺公園殺人事件》的重要角色之一「無家者老薛」的個人生命故事進行二度創作，改編為情感本路線的「劇本殺」遊戲。相信無論是否看過本作品，定會在劇本殺的現場，獲得非同凡響的體感經驗。

附錄：《艋舺公園殺人事件》A Crime in Bangka

第四屆廣藝基金會「表演藝術金創獎」銅獎暨現場觀眾票選最佳人氣獎

貳零貳參年拾貳月貳拾貳日
首演於 水源劇場

【製作團隊】
創團團長｜謝東寧
藝術總監｜何應權
製作人｜丁福寬、鄭青青
編劇｜劉天涯
導演｜陳昶旭
戲劇顧問｜王健任
演員｜林思辰、楊迦恩、廖晨志、李本善、陳妤蓁、陳家寶、賴建岱、闕何
舞台設計｜趙鈺涵
燈光設計｜蘇揚清
音樂設計｜蔡秉衡
影像設計｜范球
服裝設計｜游恩揚
妝髮設計｜鍾其甫

平面設計／攝影｜ 58kg
導演助理｜官建蓁
舞台監督｜潘姵君
舞監助理｜馬嘉佳
舞台技術指導｜劉柏言
舞台技術人員｜呂中、張晏禎、章書宸、許派鋭、羅宇辰
燈光技術指導｜劉柏漢
燈光技術人員 | 何佩芹、沈宗逸、蕭雅庭、羅宥倫
音響技術指導｜樂和中
音響技術人員｜邵柯翰、趙之耀、劉邦聖
影像技術統籌｜蕭如君
服裝管理｜陳品璇
服裝協力｜林翠娥
妝髮助理｜鄒孟翰、黎羿伶
宣傳顧問｜熊思婷
宣傳行銷｜黃萱軒
執行製作｜蕭合萱、林姞兒
票務｜蕭合萱

盜火劇團由留法導演謝東寧於 2013 年所創立，緣起於效法希臘神話英雄——普羅米修斯「盜火」造福人類，盜火劇團企圖以劇場力量，走入人群、影響社會。在創作方面，主要開發本土觀點的新創作，亦以導演的總體劇場觀念，詮釋當代新文本及世界經典劇作，期待透過劇場，能夠反映社會真實、土地情感，以全球的視野觀看，屬於華人生活的劇場圖像。

本團自 2016 年起，連續獲得文化部 / 國家文化藝術基金會「Taiwan Top」（演藝團隊分級獎助專案）肯定。

盜火劇團 懸疑三部曲 終曲
艋舺公園殺人事件

作者：劉天涯

美術設計：Johnson
封面設計：羽夏
總編輯：廖之韻
創意總監：劉定綱
執行編輯：錢怡廷

出版：奇異果文創事業有限公司
電話：（02）23684068
地址：台北市大安區羅斯福路三段 193 號 7 樓

總經銷：紅螞蟻圖書有限公司
電話：（02）27953656
地址：台北市內湖區舊宗路二段 121 巷 19 號

初版：2023 年 12 月 13 日
定價：新台幣 250 元
ISBN：9786269807635

國家圖書館出版品預行編目(CIP)資料

艋舺公園殺人事件 / 劉天涯著 . -- 初版 . -- 臺北市 : 奇異果文創事業有限公司 , 2023.12
面； 公分
ISBN 978-626-98076-3-5(平裝)

863.54 112020204